립스틱 혹은 총알

김세현 시집

문학세계사

아직도 피가 도는 가을이
한 겹
욕망마저 벗어버리려고
온몸에다 불을 지펴
불꽃처럼
탁 탁 소리내다
꽃살처럼
그대 입술에 흩날리다

집착 없이 가벼워지다

김 세 현

2

3

4

5

| 해설 | 이진흥(시인)

1

일식

정오에 돌아온
사내는 심장이 없었다
빈 껍질로
서걱이다가 종적을 감추었다

불길이 타오르는 팔월 둔덕

사람들은
사내가
낯선 여인의 뱃속으로 들어갔다고
쑤군거렸다

탯줄처럼
피가 엉킨 기억을
달덩이에 묻고
대낮이 검게 울었다

주왕산

느재미 골짜기에
밤이 군화발로 투벅투벅 걸어왔다

적막이 주검처럼 매달린
귀면석 아래
잿빛 새처럼 날아오르는 물안개

울창한 원시림 사이로 눈을 번들거리며
아랍 칼처럼 휘어진 달이
산 옆구리를 푹 찔렀다

충혈된 산의 눈자위 속,
거친 나무들의 숨소리
거대한 바위들이 마왕처럼 일어서고

뒤틀린 자궁
용추의 소沼, 속 깊은 곳을
팔매질하듯 휘돌아쳐 뒹구는

흰 물결

장군봉 목을 안고
대전사 다리 아래 길게 누웠다

해인사

실직한 사내와 눈 덮인 해인사를 찾았다
키만큼이나 눈이 쌓여
나무도 돌도 지붕도 높아 보였다

우리는 대웅전을 향하지 않고
극락전 귀퉁이 노란 햇살에 몸을 기댔다
겨울 칼바람에 목이 꺾이는 그의 말
그가 뿜는 입김이
안개처럼 눈시울을 가렸다

비계덩이같이 근수만 나가는 그가
역광으로 떨어지는 해 속에서
짐승처럼 울부짖을 때

댕그랑, 빈 몸으로 허공을 때리던
풍경의 마른 물고기가
적송에서 떨어지는 한 덩이 눈을 받아

바다 같은 해인의 가슴에
사내가 걸친 고통과 남루를 희게
채색하고 있었다

자귀나무

살풋 잠이 들었던가
분홍 향기가 코를 간지럽힌다

분솔 같은 자귀꽃으로
내 풋잠을 깨우던 사람
자귀나무가 서 있던 커피숍의
작은 연못을 건너온
그의 미소가
물결처럼 유리창에 파문진다

목마른 봄 끝, 자귀꽃은 녹아
다시는 내 뺨에
분홍 연지를 바를 수는 없지만
뜨거운 여름이 지난 자리에
자귀나무도 사라지고 없지만

자귀꽃 피면 나도 몰래
분홍 물 드는 내 얼굴

아직도 연못을 건너오는
그의 그림자

분홍 편지

석탄 같은 몸뚱어리에
분홍 꽃을 무더기로 싣고
계절을 들처 맨 탄차가
봄빛의 환란 속으로 빨려들고 있다

당신을 사랑하는 일도
세상을 사랑하는 일도
떨고 있는 몸 위로
담요 한 장 덮어 주는 일

머무를 수 없는 순간이 힘껏
껴안고 있지만
조금만 힘을 빼면
화르르 날아가 버리는
분홍 어휘들

바람이 시간의 귀를 누르자,
녹지 않는 눈보라가 사방을 덮었다

포도주 1

다른 여자가 생겼다는 남편을 보내고
나는 그가 아끼던
포도주 독을 껴안았다

포도주는 잘 도는 피처럼 붉었다
해가 없는 골방에서
밥 대신 포도주를 마셨다

뼈마디마디 돌아다니던
칼 같은 고통이
수면 속으로 잦아들고
독 속으로 무겁게 가라앉던
검은 달

겨울바람에 지붕이 우는 밤
뼈로 선 포도나무 한 그루
혈관을 파고드는 취기가
욕정처럼 붉었다

포도주 2

죽은 시간을 퍼내는
공복의 새벽

피에 끓는 포도주를 마시면
서늘하게 가라앉는 내 뼈들이
선명하게 너를 소리쳤다

흐린 창에 끼어 있는
너의 눈동자
내 심장을 삼켜버린 너의 붉은 혀

어지러운 기억이 몸피에
칼금으로 그어져 있다

끝없는 허기, 그 속을 들여다보면
진자줏빛 눈알들이
비명처럼
짐승의 피를 쏘아 올린다

고독

아파트는
숯막처럼 깜깜했다

호박벌레처럼
어둠을 헤집고 들어가 누우면
물커덩 허공이 몸을 지웠다

잠속에서 누가 폭포처럼 울었다
아무리 달래도 울음은 바다 같아서
파도가 벽을 쳤다

창밖에는
상주 같은 이팝나무
불면에 우듬지가 붉었다

가로수

죄 많은 사람들이 죽어 가로수로 태어나는 것은 아닐까요 살아 있는 날 하루도 빠짐없이 무거운 하늘 머리에 이고 온갖 먼지 매연 마시며 인간들이 싸우고 욕하는 소리 들어야 하는 것은 아닐까요 담배불 눌러 꺼도, 칼로 껍질을 벗겨도, 비명 한 번 지를 수 없이 시멘트에 붙박혀 버린 발, 몸 한번 움직일 수 없는 열린 감옥에 갇힌 건 아닐까요

노을에 끓고 있는 전생의 기억들, 흔들릴 때마다 온몸에 버짐무늬로 번지던 피부병 같은 사랑, 전기톱에 잘려 토르소가 된 몸으로 차가운 거리에 서 있어야 하는 업보의 몹쓸 그림자…… 잎새를 떠나보내는 가을보다 팔월의 불볕은 풍요로웠지요 그러나 낮은 바닥의 눈물을 핥는 사람들에게 그늘을 드리워 주는 것으로 속죄의 기도 올리고 있는 것은 아닐까요

거짓말

1

며칠이 절뚝절뚝 지나갔다

주렁주렁 빗줄기를 매달고 그가 돌아왔다

그의 입 안에 새빨갛게 거짓말이 자라고 있었다

그가 뱉은 말이 망치처럼 층계를 때렸다

층계가 흔들리고 내 몸이 주저앉았다

진창 같은 분노가 뱃속에서 뜨겁게 섞였다

2

어둠이 조각조각 찾아왔다

그의 목소리가 마치 주먹 같았다

시커먼 말이 심장을 찢었고

아픈 곳을 밟아 신음을 토하게 했다

잔혹한 느낌표를 찍고 그가 일어섰다

끝없는 사랑은 거대한 거짓말이라고

질병 같은 그가 밤을 빠져 나갔다

수성못

둑에
포장마차 팔불출이 있었다

비오는 날
팔불출
소주 몇 잔에 취할 때

젓가락 장단 맞춰
비닐지붕을 억세게 두드리던
빗줄기

꺽꺽
눈물이 노래를 했다

비탈 아래
흰 장미
취객들 오줌줄기에
누렇게 웃었다

우포늪

어디서 왔을까 저 늙은 여자는
늘어진 뱃가죽 출렁이며
해마다 새 생명들 키우고 있네

겨울엔 얼음 빗장 걸고 잠들어 있다가
봄 되면 온갖 잡 사내들 끌어안고 뒹굴어
세상의 씨란 씨 다 품어
이름도 성도 모르는
꽃과 새들 키워내고 있네

인간세상과 다를 바 없는
저 사바의 늪에도
죽음까지 몰고 가는 지독한 사랑이 있어

커다란 방패를 찢고 솟구쳐 올라
제 살의 은밀한 전율을 탐하는 가시연꽃
진저리치는 뜨거운 입술이
저기 있네

거미집

그는 늘 허공에 집을 지었다
땅이 튼튼해요 나는 말렸지만
땅은 너무 낮아 믿을 수 없어
사람들이 우러러 볼 수 있는
높은 곳에 지을 거야
내려오라 나는 자꾸 손짓을 했지만
그는 꽝꽝 허공에 못질을 했다

그가 지은 집은 유리궁전처럼 빛났지만
허공에 떠있는 집은 아무래도 무서워
덜덜 떨고 있는 나를
그는 따뜻한 아랫목에 앉히고 이불로 감쌌지만
가만히 있어도 흔들리는 집
창문이 삐걱거리고 빗물이 들이치는 집
발 딛는 자리마다 패인 구름 웅덩이

바람이 불어요
깨진 별들이 당신 몸에 박혀요

지상의 흐린 불빛에 눈물 글썽이는데

아, 나는 잠들지 못하고
달의 가슴에 거미처럼 매달려 있다

왠지 님이 봉숭아 같다는 생각이 들었습니다

태양의 실타래가
현란하게
팔월을 날고 있을 때

그늘인 듯 잎 속에 숨어
정오의 귀퉁이를 지나가고 있는
다소곳한 눈빛

그림자 발 아래 던져두고
터져버릴 씨 주머니에
서툰 언어를 다져넣은

주홍빛으로 물드는
님의 황혼

내 몸도
님의 빛깔로 물들었습니다

광부와 벚꽃

저 오래된 벚나무
늙은 광부 같다

시꺼멓게 뒤틀린 몸뚱이에
툭툭 터진 옆구리가 금방이라도
비질비질 탄가루가 쏟아질 것 같다

사십년 광부가 마지막 숨을 몰아쉬는
봄
석탄으로 화해 버린 몸뚱이
튀밥 기계를 돌린다
펑펑!! 터져 나온 튀밥들이
검은 가지마다 환히 불을 켜고
꽃구름처럼 부풀어 오른다

거칠고 아픈 생이 켜 드는
꽃등의 행렬
칠흑 갱도를 밝히며 천리를 간다

주검의 눈부신 개화
꽃상여 타고 가는 그의 넋이
저 허공 어디쯤에서
분홍빛으로 터져 와자지껄하다

2

립스틱 혹은 총알

립스틱은 총알이다

방아쇠를 당겨
언제, 당신의 심장을 관통할지 모른다
유혹의 치명적인 반란
당신은 떨며
방패를 높이 쳐든다
그럴수록 총알은
황금우레가 지나듯
당신 살 속에
격렬한 파열음을 낼지도 모른다

지금, 내 총구는 뜨겁게 달아 있다

그해 봄, 판소리

수성못 근처에 입술 하나가 떠돌고 있다는 소문이 벚꽃처럼 만개했다 겨우내 죽은 듯 누워 있던 나는 마음을 빗질하여 입술의 근원을 찾아 헤맸다 그것은 그냥 입술이 아니라 사람 애간장을 녹여 끝내는 말라 죽게 만드는 소리를 가지고 있다고 했다 나는 음파를 통해서만 상상하던 그 입술을 만나 꼭 그 소리의 진위를 확인하고 싶었다 살을 에는 꽃샘바람이 못 바닥을 치던 날 밤, 술에 취해 텀벙텀벙 못 계단을 내려간 나는 나목 우듬지에 걸려 소리를 찢고 있는 입술을 보았다

고통 없이 죽음에 이르게 하는 명검이 한 순간 빛이듯, 차갑게 목숨을 베어내는 소리.

변심한 애인을 찾아가 가슴에 열 고랑을 파놓고 돌아온 그녀의 손톱 밑에서 못 위로 벌겋게 번져나던 핏물, 끝내 몸을 던진 넋이 떠돌다 쉰 소리로 삭은 달밤, 수초에 엉겨 빠지지 않던 그 울음소리.

벚꽃 떨어져 눈발같이 회오리치던, 진물 흐르던 봄이 갔다

단풍

저기 나뭇가지에 수많은
심장이 걸려 있네
뜨거워 만지지도 못하겠고
만지면 금방 터져버려
사방에 피 칠갑 할 것 같네

아직도 쿵쾅 뛰고 있는지
아른아른 실핏줄이 다 보이네

악덕 교주가
신에게 바치려 막 끄집어 낸
소년의 심장일까
실연으로 터져버린
해의 심장일까

두근두근 뜨끈뜨끈
온 산이 타고 있네

민들레

여고 동창 집 귀퉁이에
허름한 주막집이 있었다

뻐드렁니에 키 작은 이십대 주모는
얼굴은 모과 같았지만
음식 솜씨와 노래는 빼어났다

비오는 날 실연한 동창들 서넛 모여
안주 하나에 막걸리 몇 통 시켜놓고
부서져라 호마이카 상을 두드리면

섬마을선생과 동백아가씨가 노래 속에서
걸어 나와 수많은 사연을 풀어
피멍 든 우리 가슴을 달래주었다

친구 집이 팔리고
그녀도 어디론가 정처 없이 떠났다

가끔 살다
슬픔이 잉걸불처럼 이글거릴 때면
불콰한 막걸리 몇 잔에
이미자 노래로 하염없이 꽃불 놓던
민들레 같던 그녀가 그립다

가제손수건

외할머니가 주머니에서
끄집어 내 펼치던 가제손수건엔
잔칫집 낯선 과자들이 소복이 담겨 있었지

차마 혼자 드실 수 없어 고이 싸온
알록달록한 과자들
새 새끼들 같은 손자손녀 입에
쏘옥 넣어 주셨지
외할머니 핸드백은 가제손수건
돈도 잎담배도 다 손수건에 담았지

밥 먹기도 어려웠던 그 시절
자식 넷 달린 과부가
맨살로 걸어온 가시밭 길
허기의 강을 건너면
허기의 산이 가로막아
죽음의 문턱까지 숨이 차던

과자라곤 맛도 못 봤을 외할머니
오십도 안 돼 몽땅 빠져버린 치아
여든여덟 돌아가실 때까지
앞니 하나로 버티셨지

조금만 여문 걸 씹어도
피가 나는 잇몸
가제손수건은 늘 빨갛게 울었지

진달래

네가 없는 무간지옥
핏빛 울음만이 남아 있다

뼛가루 날리며 너는 떠나고

가슴에 무수히 돌을 얹어도
가라앉지 않는

살 끝까지 걸어도 끝끝내
벗어날 수 없는

그리움

벼랑 끝에
벼랑으로 피어나는

모든 소리들이 거두어진
각혈의 바다

자작나무 숲

거대한 뼈가 하늘을 뚫을 듯
서 있는 자작나무 숲길을 간다

빛과 어둠이 서로에게 스미어
높이가 구별되지 않는 산기슭

자작나무는 환영 같다
하늘로 가는 길 같다

둔탁하게 쌓이는 설화 속에서
햇빛을 껴안은 눈들이
곡옥으로 매달려 작은 바람에도
차르랑차르랑 금관악기 소리를 낸다

눈을 밟는 발자국
자작자작
하늘이 도화지처럼 구겨진다

나무들이 스스로
허물을 벗는 적막한 골짜기

검은 돌들이 군데군데
흉터처럼 솟아 있다

간이역

　자네! 수성못을 아는가,

　허허로이 등뼈 꿈틀거리는 둑길을 따라 걷다 보면 오동
나무에 걸린 듯 그을린 얼굴로 담배만 뻑뻑 빨고 있는 늙
은 기차를 볼 걸세

　그 곳 간이역에 내려 본 일이 있는가 요즘은 배롱나무
꽃도 만발해서 쓸쓸하기는 덜할 거야 가끔 늦은 시간에 소
나기가 왁자지껄 와서는 늙은 기차의 분통을 식혀주고 가
기도 하지

　적막할 때 나는 야윈 내 그림자 데리고 가서 한 잔 술을
털어 넣고 세상을 잘못 건너 폐인이 된 어떤 사내를 떠올
리기도 하지

　빛나는 인재였는데 이카루스의 날개를 떨어뜨린 사나이
였지.

　자네! 때로 후줄근한 삶의 노정에서 내리고 싶지 않은가
　간이역, 그 흐린 창을 등지고 앉아 자네와 무중력 상태
가 되도록 술잔을 높이 던지고 싶으이
　고향처럼 아늑한 향수를 퍼 담고 싶으이

봄 편지

오래토록 기다리던 봄비가
가야금소리를 내고 있습니다

나무 그늘에 숨어 서성이던 꿈 속
모란꽃들이
빗소리에 왈칵 피었습니다

꽃향기 둥둥 떠가는 물안개
봄비 되어 끝없이 달려가서
숨죽여 불러보는
눈시울 붉은 그 이름

화인으로 남은 그대에게
길 없는 편지를 쓰고
잠속에만 열리는
푸른 수로를 만들었습니다

오카리나

바람이 말린 당신의 정강이뼈는
악기가 되어
가늘고 긴 음률로 심장을 적신다

굵은 마디의 손가락과 두툼한 입술이
불어 내는 당신의 영혼

내 귓속에 고인 음표들이
당신을 찾아 대서양까지 갔다가
쓸쓸히 돌아오는 외로운 꿈을 꾼다

별똥별이 날아간 먼 그 곳
울림통이 되어버린 당신의 뼈

가슴 속 슬픔을 꺼내들고
소원을 빌어본 사람만이
젖어서 내는

환청처럼 아득한 전생의 소리
노을 속에 떨어진 당신의 목소리

한계령

저 푸른 수평선 위에
숱한 말들을 풀어놓고
섬이 되어 돌아가 버린 당신은
내 삶의 여름이었지

찬란하게 펼쳐졌다 싸늘히 식어버린
지독하게 빛나던 여름이었지

휘감아 도는 뜨거운 바람에
제 몸 찢기는 줄도 모르고
목숨 걸었던 황홀함이었지

달콤할수록 목이 마른 말들
들이켤수록 더해지는 갈증

나방처럼 뛰어들어
불이 뚝뚝 떨어지던 그 끝은
이별이었지

플라타너스

많은 사람들 지나가는 거리에
한 발짝도 움직이지 못하는
그가 서 있다

귀를 찢는 자동차 소음과
빌딩마다 쏟아내는 붉은 광고판
살갗을 파고드는 매연으로
관절이 툭툭 불거졌다

작은 바람에도
끝없이 펄럭이는 욕망과 번뇌
좀체 가시지 않는 집착을 끊으려
마음을 틀어쥐면
까맣게 내려앉던 하늘 귀퉁이

어느 겨울 아침
밤새 몰아친 눈보라에
묵은 화두마저 떨쳐 버리고

하얀 무명옷 갈아입은
거리의 수행자

삐에로

나는 한 덩이 돌일 뿐
부드러운 흙이 되어 당신께
스며들 수 없다는 것을 알기에
아무리 짙은 새도우를 칠해도
터져 나오는 울음 뿐

박쥐가 날고 있는 천막 아래
빨간 입술을 칠하고
헐렁한 옷으로 슬픔을 감추어
낄낄낄 웃음 흘리면

구경꾼 무리 속에서 부드럽게
시선을 어루만지는 당신

비록 죽음일지라도
당신 속으로 스며들고 싶어
불의 링 속을 함부로 뒹굴었지

나는 삐에로
암청색 천장에 뜬 허공 같은
달

맨드라미

짐승을 잡아먹었나,
저 새
해는 자글거리고

날아갈 생각도 없이
무슨 궁리
벼슬만 높다랗다

팔월 한낮,
담 귀퉁이 홀로 앉아
적막을 알처럼 품고 있는
새

가끔 날개를 파닥거리는 것이
생쥐라도 쫓는지
귀란 귀 다 열어놓고

붉은 주둥이 너불거린다

미포에서 달을 마시다

미포는 동백섬 맞은편
해운대 백사장을 숨 막히도록 걸어서 닿는 포구
산중턱 작은 터널에선 석양을 한 입 베문 기차가
금빛 지네처럼 느릿느릿 터널 속으로 기어들었다

섬을 한 바퀴 돌아온 달이 바다 한 가운데서
은쟁반처럼 빛날 때
언덕 위 횟집에서 우리는 술을 홀짝거렸다
잔 속에는 막 잡은 해파리 같은
달이 꿈틀거리고
발부리엔 지천으로 흐느적거리는 달맞이꽃

누군가 다시
릴낚시를 던지며 휘파람을 불면
낚싯줄 끝에 숱 많은 동백섬이 끌려오고

지금은 흐르지 않는 달빛
파도는 방파제를 향해
제 몸을 부딪고

3

표충사 목백일홍

사명대사가 꽂아 놓은
주장자
삼백 년 묵은 목백일홍이
표충사 도량에 꽃불 켜고 있다

깎이고 깎인 뼈대
한 점 살도 허용되지 않는
정강이가 다 닳도록
올린 기도

지금도 왜국 향해
사자후로
뜨겁게 타고 있다

왜란의 한이 얼마나 사무쳤으면
삼백 년 해탈에 들어도
결코 풀지 않는
저 가부좌!

해마다 솟구치는
핏빛 애국가

묘각사

참 묘하게 늙은 비구니다
꽃문 들썩이는 극락전
매화 아늑하게 심지 올리는 밤

툇마루 베개 삼아
부처 안고 누워
애틋한 꿈을 꾸나니,
달은 촛불, 구름은 이불
온몸에 감아드는 매화 향기

봄비 한 사발에
온 산이 취해 거들먹거리고
바람 한 자락
꿈같은 춤사위로 적막을 휘두르면

긴 장삼 소매 끝에 은하수가 걸려 와서
낡은 기와 한가득 푸른 침이 고여
무량한 별들이 꼼지락 깨어나고 있다

강

낡은 캔버스 위를 한 남자가 걸어왔다

자신의 윗도리에서
빛바랜 심장을 꺼내든 남자는
부싯돌처럼 과거를 켜댔다

가슴에 굵은 돌로 박혀 있던
친구의 첫사랑
완강한 절벽 앞에 모래로 부서지고
시퍼런 물결에 떠밀려
거품이 되어버렸던
달빛 부음이라도 받은 걸까
화인처럼 눌러 붙은
흉터를 내보이며
허물어질 듯 기억을 부비던 남자

마른 강 줄기를 따라
낡은 캔버스를 허적허적 걸어 나갔다

초혼

지붕 위로 던져진 네 혼이
봄이면 어김없이 돌아와
와송 꽃대로
길게 모가지 드리우고
기와에 어룽이는 눈물을 핥고 간다

기억의 새떼 날아오르면
몸 밖으로 소리치던 바람
반짝이며 높이 오르던 미루나무

들어갈 길 없는 네 숨 속
하늘 길은 멀어
그리워 눈 감고 가는 흐느낌이
온몸으로 잦아들고

바람의 말로 소리치는
사랑했다는 그 말

서쪽하늘에 붉게
울음으로 칠해져 있다

모나코 다방

대낮인데도 어둠이 술렁거리고
커튼 사이로 풀쐐기 같은 별이 떴다
몽둥이로 내리치듯 고막을 찢는
일렉트릭 기타
사이키 불빛 사이로 손톱이 검은 레지가
콜타르 같은 커피를 따랐다

모나코모나코모나코

바다같이 짙푸른 벽의 신음소리
적도의 태양이 내리꽂히는 양탄자에는
황금 터번 두른 아랍 왕이
초승달 같은 아랍 칼을 뽑아
정부와 달아나는 애첩의 심장을 푸욱 찔렀다
왈칵 쏟아지는 검붉은 커피

모나코모나코모나코

들고양이 같은 사내 녀석들 떼 지어 앉아
갓 배운 담배로 도넛이나 만들고
찍찍 잡음 소리가 정겨운 LP판
소나기 같은 청춘의 한때가 쿨럭이며
독약같이 쓴
블랙커피 속으로 잠기고 있었다

모나코모나코모나코

노을

그가 나를 업고 걸었지요
맑고 깊은 강가
새로 가는 길에 무거운 돌인 나를
어딘가에 내려놓아야 했지요
해 저무는 강가에는
여린 것들 투성이였지요

눈두덩이 노란 모래가
철벅이는 강물에 하염없이 무너지고
키 작은 미루나무는 그물처럼 성긴 이파리로
그의 옆모습을 가렸지요
잘 벼린 과도처럼 물고기떼 날아올라
힘겹게 주저앉는 해를 푹 찔렀지요
울컥 터지는 핏빛에 들과 나무들 벌겋게
젖고 온 강물이 비렸지요

그가 차마 나를 버릴 수 없었던지
그의 옷 속에 숨겼지요

장막처럼 내려온 어둠이 세상을 지울 때
그는 몸부림치는 강물에
아득하게 떠내려갔지요

그런데 참 이상하지요
생의 노을을 바라보는 이즈음
왜 그때 시간들이 자꾸 소리를 낼까요
흐르지도 않는 그 강물이
메마른 기억 한 귀퉁이에서
낮은 그의 목소리로 흐느끼고 있는 걸까요

몸이라는 감옥

손가락도 움직이지 못하는 그가
입으로 티브이를 켠다

왈칵 쏟아지는 현란한 세계
뉴스의 홍수 속을
빠르게 관통하는 앵커 목소리

노란 페인트가 뚝뚝 떨어지는 적도의 해
가시나무와 톱밥 같은 빗방울
뒤엉켜 짐승 떼를 몰고 가는 끝없는 초원

괴사된 자리에 차오르는
고통의 파란 금이
마비된 육체 위로 쓰러져 눕는다

누군가 돌보아주지 않으면
주검이 되는 몸
세상 모든 길 위에 눈길을 풀어놓고

끝없이 침몰하는 생의 빈 물결소리

가끔 비틀거리며 다가오는
여인의 뜨거운 목소리
눈에 감기는 욕망이 낯설다

도시의 거북

보도블록 위를
아랫도리 없는 사내
느릿느릿 기어간다

동전 몇 개 지폐 몇 장 담긴
양은그릇 굴리며
흘러간 노래 속을 헤엄쳐간다

자맥질 하듯
간혹 들어 올리는 얼굴엔
욕망의 잇자국 같은 흉터가
꿈틀거리기도 하는데
이내 체념한 듯 온몸으로 굴러가는
고무다리 저 사내

시커먼 어둠 한 덩이
혹처럼 등에 지고
흐린 불빛 사이로 잠기고 있다

지독하게 그리고 황폐하게

그가 떠나고 난 빈 방에는
남겨진 그의 먼지가
대낮 적막에 어룽거리고 있었다

냉장고 속, 대하는
푸른 광선을 뜯어먹고
푸르딩딩한 껍질을 밀어내고
전기밥솥에서
누런 고름이 흘러나왔다

전염병처럼 번져나가는 검은 곰팡이
수 백리, 미친 듯 헤매다
민낯으로 돌아오는 기억들

멍징하게 타고 있는 불면
갈기갈기 찢긴 영혼을
허공에 묻고
온몸이 캄캄하게 쏟아져 나왔다

해송

소금기에 등뼈가 휘어지고
온몸이 뒤틀려도
오로지 새를 꿈꾸어
가마득히
바다를 거느리는 검푸른 가지

날고 싶은 몸부림에
열사흘 달빛에 몸을 씻고
찢어질듯 아픈 죽지를 펴면
허공을 짚는 손가락마다
길길이 날뛰던 높새바람

비칠거리던 가지가
해를 품던 밤
거친 발톱은 바위를 움켜잡고
창공을 향해 힘껏,
날개 펴든
저 송골매

이응로 1

바지랑대를 아무리 높이 올려도
달은 따지지 않아요
서로 다른 곳을 보느라
가슴 속 달은 보지 못해요
죽어서 가는 행렬이 있다면 저런 것일까

소와 개와 새들과
사람의 군상
터널,
긴 눈 속으로
지친 혼들의 그림자 빨려들고 있어요

이응로 2

　당신은 알 수 없어요 오직 유추할 뿐 기호로 부쳐온 편지는 해독할 수가 없어요 쏟아지는 빛살 때문에 그림자가 없어요 흰 운동장 위로 수천 명 군상이 뛰어가고 있어요 모두 까마귀처럼 그물에 걸린 나방처럼 펄럭이고 있어요 생각이 다른 군중 속은 외로웠어요 낙동정맥을 따라 삼팔선이 신의주를 넘고 있어요 원성 높던 무리도 뒤를 따르고 있어요 높은음자리표처럼 머리가 꼬였어요 모든 사람이 춤을 추어요 마음을 흔드는 울음 같은 춤, 사방으로 가지를 뻗어 보아도 먼지만 빛살에 파닥거려요 열심히 달려가지만 다다를 수는 없겠지요 생이란 뜀박질 같은 것일까요 당신의 가슴속에 혼자 쿵쾅거리며 뛰어내리던 폭포가 오늘밤 내 창가에 먹빛 폭풍으로 회오리칩니다 진눈깨비 속에서 꿈틀대는 어린 해의 손톱 밑이 아려와요 봉우리마다 생피 흘리며 주사 바늘처럼 꽂힌 피뢰침 저 끝에서 당신이 이어놓고 간 전류, 번쩍 살아 불 밝힙니다

격렬

황혼이 붉은 피처럼 터져
나무로 번지고 있다

고통스런 살들의 기억
나부끼는 색종이들

한 나무속에는
얼마나 많은 상처들이
똬리를 틀고 있는 것일까

노랗게 솟구쳐
우레 맞은 듯 폭발하는
은행나무

짐승아가리 같은
가을 속으로
하늘이 빨려들고 있다

양귀비

양귀비꽃이 피었습니다

짙은 마스카라를 칠한
미국의 매춘부가 생각납니다
빨갛게 입술을 내밀어
사내를 유혹하지만
하룻밤 자고 나면 떨어져 내립니다

사랑의 허기에 젖은 눈두덩이,
시꺼멓게 마스카라 번진 모습도
뭉게구름처럼
피어나던 드레스도

깨고 나면
모두 환각입니다

그해 11월

아궁이엔 연탄불 대신에
구정물이 가득했고
노름에 미친 남편은 자정에 들어와
쌀독에 감춰둔
월급뭉치를 들고 사라졌다

눅눅한 한기가
이불 속까지 파고드는 방
떨어진 문풍지에서
송곳 같은 바람이 불어와도
어린것이 자지러질 듯 울어대도
멍하니 바깥만 바라보는 그녀

창 밖 전봇대에서 늘어진 전선이
허공의 목을 조르던
구겨진 어둠 속
낡은 지붕을 패대던 시퍼런 번개

암청색 하늘에 뜬
깨진 항아리 같은 달
미친 짐승처럼 울었다

4

등신불

울릉도 도동항에는
천년 묵은 향나무가 있다

천 길 낭떠러지
바위 끝에 홀로 앉아
깊은 참선에 든 그는
지난 폭풍에 팔마저 잃어
형체만 남았다

오뇌의 비원이 서린
형언할 수 없는 몸이
내뿜는 아득한 향기

탄생의 기억조차 지워져
오고 감의 문답 따로 없다

홍시

좁은 골목길로 난
나무 살창을 빼쪽이 열어놓고
홍시 파는 가게가 있었다

홍시는 뛰어노는 동네 아이들
볼처럼 탱탱하고 붉었다

저녁 빛의 어스름 속
살창 사이로 작은 손이 살며시
홍시를 집었다

대나무 발 사이로 장죽이
번개같이 튀어나와 그 손을 쳤다
"예끼놈!"

터진 노을이 퇴락한 마루 위를
벌겋게 기어 다녔다

을숙도

광목으로 덕지덕지 기운
황포돛배를 타고
고래 등같이 울컥 솟구치는
낙동강을 건넜다

왈패에 머리끄덩이 틀어잡혀
마구잡이로 끌려가던
어린 작부 같은 갈대
거센 바람에 온몸으로 누웠다

푸른 지느러미 퍼덕거리는
강물을 채로 건져 올리면
유리알처럼 반짝이던 재첩들

허름한 주막 갈대주렴에
낮달처럼 걸렸던
찌그러진 막걸리 주전자
유행가 물안개로 피어오르면

저녁 어스름에 피멍드는 하구

선지피 흘리며

얼굴을 담그는 황혼이 있었다

낙동강

먹물들인 광목교복 입은 녀석의 머리는 버짐으로 희끗
거렸다 남의 도시락을 예사로 훔쳐 먹고 종종 주먹질도 해
댔다

훈육주임은 퇴학을 시키겠다고 난리쳤지만 담임인 나는
쑥돌 같은 녀석의 마음을 믿어보기로 했다

미술시간에 녀석의 빈손에 도화지와 물감을 슬쩍 쥐어
주었다

소풍날, 녀석이 내 손을 잡아끌었다

비칠비칠 강을 따라 한참을 돌더니 커다란 바위 밑에서
모래투성이가 된 맥주 한 병을 꺼내 쑥 내밀었다

나는 녀석과 나란히 앉아 말오줌 같이 텁텁한 맥주를 마
셨다

그때, 강물 위로 날아든 두루미 한 마리가 막 뻗쳐오르
는 물고기를 낚아채 금빛 태양을 향해 힘차게 날아올랐다

삭다

독 속의 장아찌처럼
그는 삭아 갔다
배우처럼 잘 생긴 얼굴도
해박한 지식도 꺼멓게 삭아 갔다

뼈로 누운 그가 빈 살 속에
차오르는 기억을 꺼내본다

삶은 빙벽이었다고
흔들리는 로프에 매달려
정신없이 오른 정상

그 외로운 황홀에
빙산이 녹는 줄도 모르고
또 한 잔, 술병에 몸을 던지던
벚꽃 피던 봄날

꿈이었다고

창밖으로 노란 달이 지고 있었다

녹슨 뼈마저 삭던 날
그는 찌그러진 소주 뚜껑 같은
그믐달 속으로 사라졌다

밤이 청춘을 지날 때

마음이 괴로우니
매운 것이 더 당겼다

청양고추 뻘겋게 풀고
꿈틀거리는 산 낙지 통째로 넣은
펄펄 끓는 짬뽕을 먹고
땀이 흐느낄 때

지독한 실연 끝에
가슴을 쥐어짜듯이 낄낄거리며
쏟아지던 눈물과 마셔대던
새벽 소주

딜레마에 빠져 허우적거리다
헐어터진 입 속에
신辛 떡볶이 한 입 씹으면
미친 듯 혓바닥 위를 달려가던
불자동차

떠도는 것들

소리를 잡는 커다란 귀와
미끈한 허리를 자랑하는 사냥개 엘쟈
바람처럼 빨랐다

어느 날 총에 맞은 산돼지에게
다리를 물렸다
독은 살 속 깊이 파고들어
수의사는 다리를 잘라야 한다고
수술비는 몸값의 두 배가 든다고 했다

오랫동안 타국을 떠도는 미군에게
엘쟈는 피붙이와 같았다

다리를 잃은 엘쟈
버려질 두려움과 앞발의 허공 사이에서
주인이 좋아하는 것을 물어뜯었다

파란눈동자의 주인은 엘쟈를 부둥켜안고

아픈 그림자를 쓰다듬었다

타국을 떠도는 외로운 마음들이
떠오르는 해를 향해 함께 짖었다

가을 주산지에서

길 가리켜 주지 않는
당신 때문에
무작정 타오르는 가을산에
몸을 던졌습니다

마지막 단풍은
뜨겁게 내 몸을 태웠지만
그것은 황홀한 고통이었습니다

이 꽃불 지고 나면
검은 뼈로 남을 내 모습
어두운 슬픔을
당신은 알기나 하겠습니까

날이 갈수록 차오르는 그리움에
돌아눕는 젖은 눈길
그대로 강이 되어 휘어지고 싶은
마음 다스려

당신 발밑에 호수로 눕습니다

가끔, 누군가 던진 돌에
가슴 출렁이다
둥글게 파문 지으면
당신께 향한 길 잠시 흐려집니다

피나 바우쉬
— 춤극96劇

못을 박는다
허물어지고 썩은 먹빛 거울에
비치는 검은 뼈
주저앉아도 쫓아올…… 아무도 없는,
휑한 공간
혼자 치마를 걷어 올리고
가구들과 의자에 앉아 하는 수음

오, 나의 너는 어디에 있는가!
팅팅 붓는 젖가슴
뒷걸음치며 부서지는 어두운 창

자꾸만 나를 떨어뜨리는 너
다시 네 팔에 몸을 얹고
반쪽을 맞추어 봐도
헐거워지는 팔 안에서
너로 가득 찬 나

허공이 문을 연 순간

깊은 어둠 속을

날아가는 물의 드레스

정방폭포

별들이 짐승 눈처럼 반짝인다
귓속에 길을 내는 물소리
망초꽃 달빛에 휘어지고
하얗게 채색된 나무 그림자

마음 깊이
열 길로 떨어지는 벼랑이 있었다
시린 이마를 짚고
바다를 굽어보던 아흔 아홉 고개

사랑아! 돌아가긴 이미 늦었다고
함께 떨어지자며
물안개 내 안에서 흐느낄 때

까마득한 허공에서
정신 줄을 놓아버린 채
온몸을 던져
바위를 치던 절규가 있었다

지포라이터

첩첩 뼛속을 깎아오던 추위에
해가 얼비치듯
자신만의 불꽃으로
식어가던 내 몸을 덥혀주던
너의 불길은
외길로 꿈꾸던 빛의 타래

매캐한 석유 냄새가 혈흔처럼 배어 있던
너의 한숨 속에는
나를 향한 뜨거운 눈물이 타고 있었다

그러나 나의 시선은
더 밝은 곳을 향해 날았고
돌이킬 수 없는 배리의 등뼈로
네 심장의 뚜껑을 닫았다

비릿하게 살이 타오르던
월악산 골짜기

화강암 마이애불 아래 너는
기억의 촛농으로 굳어 있다

판소리

들녘에 앉은 까마귀같이
깊고 검은 소리가
강의 아랫도리를 베물고
모래펄을 기어간다

허기에 꺾이고 세상에 꺾이어
죽었다가 다시 솟구치는 사무침
천년 장승의 가슴팍까지 파고들어
죽은 나무가 움찔움찔
저린 속잎을 토해 내고 있다

북채에 휘어지는 하늘
쉬어 터질 듯 저승을 돌아 나오는
소리의 자진모리

마침내 허공에 뼈를 묻고 따라 우는
산천이
보름달처럼 환하다

배웅

마지막 이승을 건너가는 개의 울음이
꼬리 끝에서 떨고 있다

분홍빛 요람 속에 안겼다가
어느 날 갑자기 나락으로 떨어져
서툴게 맞은 세상
첫 나들이가 로드 킬이라니!

자동차들 여전히 쌩쌩 가속을 높이고
바람이 어깨를 두드린다
금세 말라붙는 피

무거운 구름이 엉덩이 낮출 때
어디선가 날아 온 노랑나비 한 마리

노을 든 개의 코끝에 앉아
열린 눈동자 쓰다듬듯
연미색 날개를 파닥거린다

살구나무

살구나무의 과거를 잘랐다
자라서
또 잘랐다

살구나무는 자신을 보았다
무성한 가지를 버려야
작은 땅속에
설 자리가 있다는 것을

잘린 둥치에서
뻗쳐오르는 열망이
다시 담을 넘는다

오래 참았다 터진 눈물이
꽃으로 피어서
잘린 과거를 내려다보고 있다

쥐 러브

정원에 쥐가 살았다
벽에 구멍을 내고 꽃들을 작살냈다
거실까지 숨어들어
식탁에 있는 음식을 먹어치우고
쥐눈이콩 같은 똥을 뿌려놓았다

불가능에 대한 사랑을 믿어보기로 했다
쥐 러브에 참기름을 듬뿍 뿌리고
멸치를 흩어 놓았다

온몸에 뿔이 돋는 유혹의 냄새
쥐 러브의 뜨거운 공격에
놈은 죽어도 놓지 않는
끈끈이 열정 속에서 몸부림쳤다

내 사랑도 저러했을까
죽어서라도 껴안고 싶은
집착 속에는

쥐 러브라는 죽음의 맹독이
사랑이라는
이름으로 숨어 있었는지도 모른다

5

샐비어

소나기
송곳처럼 꽂히는
아스팔트 위를

맨발로 뛰어가던
소녀

팍 엎어져
무릎에 빨갛게 피어나던
꽃

거센 폭우로도
꺼지지 않아
거리에서
뜨겁게 울던

상사화

사랑에
목말라 본 자만이 안다

가질 수 없는 것을
갈구만 하다가 끝내 쓰러져
헛손질로 마구 기어가던
차마 하지 못하고
가슴 속에서 녹여야만 했던
그 말

시퍼런 바늘 끝으로
제 몸 찔러 흠뻑 피 흘리고

갈래갈래 찢어진 심장
바지랑대에 걸어놓고
광막한 구천을 떠도는

비닐봉지

그대 눈언저리나 구름입술이나
저녁 노을을 좋아해요
한 번쯤, 빌딩 꼭대기에
높이 오르고 싶은 꿈이
날개를 달았지요

질퍽한 시장 바닥을
빈 정강이로 슬금슬금 기다가
나무 우듬지까지
단숨에 날아오른 것은
풍성한 바람의 손짓 때문이었어요

보석 같은 불빛과
화려한 네온에 안기어
가슴이
찢어지는 줄도 몰랐어요

외눈박이 봉창

들판 끝 불그데데한 흙담집
외눈박이처럼 붙어 있던
봉창

동굴 같은 방에서는
어둠을 쥐어뜯으며
지붕을 흔들어 대던 기침소리

그가 또 한 다발
붉은 꽃을 게워냈다

총,총,총, 참새처럼 기웃대던 그녀
봉창 속으로 스며드는
가을 강처럼 길게 울었는데

겨울 한 복판에서
그는 눈 속의 발자국처럼
홀연히 날아갔다

외눈박이 봉창만
홀로 남은 집

바람이 불 때마다
서러움에
낡은 입술 삐걱거린다

장미

사랑아,
네게 닿으면 나는
한 점 새빨간 핏방울이 된다

순결한 내 마음, 집착으로 몰아쳐
너를 꺾고 싶은
불온한 눈길로 굽이친다

태양이라도 삼켜버린 것같이
네 열정은 들끓고

날카로운 너의 가시에 찔려
미친 듯
피 흘리고 싶은

내 몸은
죽음의 자오선을 넘는다

후포에서

후포 선창가엔
머리에 붉은 꽃 수십 개 꽂은 화냥년이
바람 부푼 엉덩이 흔들며
밤바다로 나서고 있다

사내들의 힘줄 돋은 울대 너머 막소주잔이
비릿한 살빛으로 취해 올 때
가슴이 흰 아낙
열 개의 발가락 꼬무락거리며
달아오른 전구 위로 기어오른다

정맥 푸른 해송, 침엽의 양기
뒤척이는 밤의 맥박 속에서
아! 신음의 몸부림

해무로 가리어진
동녘 하늘과 바다
파도소리 더욱 거세어지고 있다

도화

때로 몸 섞어
몸 만드는 중생처럼

묘각사 극락전 앞

옥양목 두루마기 펼친 듯
커다랗게 피어난 배꽃 품에서
갓 고개든 붉은 도화는

겨드랑 향기 풀어
뭇 사내 울리는

맨발의 황진이다

북경의 곰

북경의 밤에 반달이 떴다

곰의 가슴에 칼처럼 박힌 달
생의 모진 순간에도
식탐의 줄을 놓지 못하는
검은 몸뚱어리 속 우물보다 깊은 눈
소금기 진한 눈물의 맛을 알까

불안으로 만든 담즙
인간들에 빼앗기고
서서히 죽어가는 야생의 앞발이며
산을 어루는 울음도 잊었다
쇠창살 사이로 보이는 도시의 불빛

젖은 하늘 아래 떼지어 앉아
무딘 손톱으로 철책을 할키며
잠들지 못하는
전생의 죄업 더듬거린다

나무 백일홍

지붕을 감아 돌던 염불 소리도
물소리 내던 슬픔도
아득하게 잦아들고
혼이 지나는 절 마당에
길게 늘어 선
꽃 그림자

까마득히 솟구치며 흔들리는
붉은 꽃잎 속으로
잉잉 몰려드는 말벌 떼, 피 빨아먹고
빨간 손톱
달그락거리는
백일홍

첫사랑

모교의 울타리는 탱자나무였다
날카롭게 뻗친 가지 사이로
탱자가 노란 달처럼 숨어 있었다

그녀에게 탱자를 주고 싶었다

그물처럼 얽힌 어둠 속
시퍼런 경계로 탱탱한 가시 사이
탱자를 따는 손이 피로 얼룩졌다

그녀에게서 탱자 향기가 났다

탱자 꽃잎처럼
희미하게 눈을 뜨던 가슴 속
밀어들

구름 속에 숨었던 달이
그녀 얼굴을 환히 비추고 있었다

봄비

봄비 오기 전
지하 둥근 터널 속에서 우린 만났다
돌 박힌 몇 마디 말에
너는 떠나고
긴 코트자락 펄럭이던 이별

슬픔에 떠밀려 뛰쳐나오자
사납게 쏘아대는
봄 소나기
길 잃고 헤매는 구름 틈새로
아! 꽃비

꽃잎마다 눈물로 그렁이던
청춘의 민낯이
격랑에 소용돌이치며 흘러가던
봄날

모란

진자줏빛 모본단 저고리
벗어놓고 그녀는 갔네
온몸이 물컹해지던 향기
아직도 겨드랑이에 은은한데
왔다 간 흔적만 바빠서
대궁이만 홀로 젖었네

황금 빗 세워
윤기 나는 머리 활활 빗고
열 두 겹치마 풀어 황홀하게
세상을 휘감더니
가랑비 내려 거리를 떠돌다
돌아온 저녁
그녀는 갔네, 가버렸네

구겨진 모본단 저고리
자줏빛 눈물처럼 벗어놓고

통구미

밤새 파도가 가슴을 썰었다
불온한 새벽빛에 피멍드는 해안

곁에 누웠던 사내는 먼 길 떠나고
다시마처럼 자꾸만 미끄러지는
인연을 잡으려고
그녀는 홀로 출렁거렸다

지구를 반으로 찢어 놓은 듯
거칠게 휘어진 해변에
밤새워 물결 속을 뒹굴던 몽돌

길 떠난 사내는 돌아오지 않고
겨울 적막에 몸부림치는
새벽 귀퉁이

폐선처럼 민박집 창에 걸려 있던
얼굴이 삐뚤던 하현달

저녁 노을

꽃바다였다
여행지에서 우연히 만난
공작새 꼬리같이 아름답던 그를
잊지 못하는 내 꿈은

인연은 구름 같은 것이어서
잡히지 않는 허공을 장악하고 있었지만
화려한 꼬리에 매료된 내 연민은
길을 걸어도 잠이 들어도
그와 함께 있었다

황혼이
푸른 로맨스를 꿈꾸었다
금세 녹아버릴 빙벽
숨을 곳 없는 태양

가벼운 바람이
흰머리를 잡아당긴다

114

불안하게 가라앉는
차가운 저녁노을
붉다

사랑의 비극성 혹은
고통의 포용과 재생의 노래

이 진 홍(시인)

사랑의 비극성 혹은 고통의 포용과 재생의 노래

이 진 홍(시인)

시력 30년이 되는 김세현 시인이 첫 시집을 상재한다. 함께 시를 공부하면서 본 김세현은 첫째, 전형적인 외강내유外剛內柔, 즉 겉으로는 조개처럼 단단한 껍데기를 쓰고 있지만 안으로는 부드러운 살 속에 진주를 감추고 있는 사람이다. 직설적인 화법과 강고한 성격 안쪽에는 눈물과 인정이 많아 불우한 이웃이나 곤경에 빠진 이들에게는 망설임 없이 손을 내민다. 둘째, 그녀는 타고난 시인이다. 주변의 사소한 일도 단번에 시적 언어로 읽어내는 감성과 상상력을 갖고 있는데, 그래서인지 그녀는 시작詩作을 할 때에는 별로 퇴고하지 않는다. 그리고 셋째, 그녀의 언행은 매우 다이내믹해 보이는데 그것은 모르긴 해도 그녀가 지닌 어떤 내적 상처를 극복하기 위해 분출하는 에너지 때문이라고 짐작된다. 이제 그녀는 자신의 삶의 질곡과 상처로 만든 진주를 한 권의 시집으로 묶어낸 것이다.

〈1〉

    시집의 제목이 매우 자극적이고 강렬한 느낌을 준다. 대체로 표제는 시집 전체를 관류하는 주제 혹은 시인이 독자들에게 빠르게 던지는 강렬한 메시지 같은 것이기 때문에 우선 표제시「립스틱 혹은 총알」에 주목하게 된다. 립스틱과 총알은 그 생김새 즉 형태는 유사하지만, 그 쓰임새 즉 내용에서는 대단히 다르고 멀다. 전자는 여성들의 아름다움을 위한 화장 도구인데 후자는 잔혹한 살해의 무기이기 때문이다. 이렇게 상이한 화장 도구와 살해 무기를 연결하여 아름다운 삶과 잔혹한 죽음을 합치시키려는 시적 발상이 사뭇 충격적이고 신선하다. 남성이 립스틱을 바른 여성의 빨간 입술에 끌리는 것은 생명력을 강화해 주는 핏빛 때문인데, 총알은 생명을 파괴하는 것이므로 립스틱과는 대척점에 있다. 그런데 시인은 립스틱을 총알이라고 하면서 유혹의 립스틱에 끌려오는 남성에게 총구를 겨냥하여 방아쇠를 당길 포즈를 취하고 있는 것이다.

    립스틱은 총알이다

    방아쇠를 당겨
    언제, 당신의 심장을 관통할지 모른다
    유혹의 치명적인 반란
    당신은 떨며

방패를 높이 쳐든다
그럴수록 총알은
황금 우레가 지나듯
당신 살 속에
격렬한 파열음을 낼지도 모른다

지금, 내 총구는 뜨겁게 달아 있다
—「립스틱 혹은 총알」 전문

시인은 화자를 통해서 말한다. 내가 당신을 사랑한다는 것은 당신에게 총구를 겨누고 있는 상태를 의미한다. 나는 언제 방아쇠를 당겨 당신의 심장을 꿰뚫을는지 알 수 없다. 내 사랑(립스틱)에 이끌려 오면서도 당신은 본능적으로 그것이 치명적인 반란(총알)임을 안다. 그래서 당신은 떨며 방패를 높이 쳐들지만, 그럴수록 총알은 황금 우레가 지나듯 순식간에 당신 살을 뚫고 격렬한 파열음을 낼지 모른다…….

사랑에 대한 이러한 견해가 전혀 새로운 것은 아니지만, 남성과 여성이 갖고 있는 합일에의 욕망(사랑-립스틱)이 바로 죽음(살해-총알)에 이르는 것이라는 이율배반을 시인은 사랑의 본질로 해석한다. 그것은 아마도 그(남성)가 "빈 껍질로/ 서걱이다가 종적을 감추"(「일식」)거나 "잔혹한 마침표를 찍고"(「거짓말」) 일어서서 빠져나간 것처럼, 사랑은 치명적인 상처를 남기고 사라지는 존재라는 시인의 체험적인 인식에서 비롯된 것인 듯하다.

〈2〉

그리고 보면 이 시집 전체를 관류하고 있는 것은 비극적 사랑이다. 시인의 사랑은 "꽃향기 둥둥 떠가는 물안개"(『봄 편지』) 같은 그리움에서부터 "갈기갈기 찢긴 영혼"(『지독하게 그리고 황폐하게』)에 이르기까지 넓은 스펙트럼으로 펼쳐지지만, 센티멘털한 감정이나 연약한 몸짓은 변두리로 밀려나고 그 중심에는 강렬한 목소리로 절규하듯 부르는 비가가 출렁인다. 물론 그녀에게도 사랑의 시작은 분홍 향기로 다가와서 "분솔 같은 자귀꽃으로/ 내 풋잠을 깨우던"(『자귀나무』) 것이었고, "조금만 힘을 빼면/ 화르르 날아가 버리는/ 분홍 어휘들"처럼 사라지는 안타까움이었으며, "떨고 있는 몸 위로/ 담요 한 장 덮어주는 일"(『분홍 편지』)이었다. 그러나 그런 아름답고 정겨운 감정은 고통의 강가에서 맑은 물 몇 바가지 퍼내는 것에 불과할 뿐, 강의 본류는 "화인으로 남은 그대에게/ 길 없는 편지를 쓰고/ 잠 속에만 열리는/ 푸른 수로를 만드는"(『봄편지』) 일로 시작해서 "가슴 속 슬픔을 꺼내들고/ 소원을 빌어본 사람만이/ 젖어서 내는// 환청처럼 아득한 전생의 소리"(『오카리나』)가 되어 안타깝고 두려움을 주는 것이었고, 더 나아가서 "명징하게 타고 있는/불면// 갈기갈기 찢긴 영혼을/ 허공에 묻고/ 온몸이 캄

캄하게 쏟아져"(「지독하게 그리고 황폐하게」) 나오는 것처럼 지
독한 고통이었으며 마침내 "핏빛 울음만이 남아 있"는 "각
혈의 바다"(「진달래」)에 이르는 것이었다.

　　네가 없는 무간지옥
　　핏빛 울음만이 남아 있다

　　뼛가루 날리며 너는 떠나고

　　가슴에 무수히 돌을 얹어도
　　가라앉지 않는

　　살 끝까지 걸어도 끝끝내
　　벗어날 수 없는

　　그리움

　　벼랑 끝에
　　벼랑으로 피어나는

　　모든 소리들이 거두어진
　　각혈의 바다
　　　　　　　　　　　─「진달래」전문

요컨대 시인에게 사랑은 환희나 행복이 아니라 슬픔이나 고통이었다. 그녀에게는 남성성이란 대체로 폭력과 치명적인 상처를 남기고 사라지는 존재로서 "빈 껍질로/ 서걱이다가 종적을 감추"(『일식』)는 것이거나 "잔혹한 마침표를 찍고"(『거짓말』) 일어서서 재빨리 빠져나가는 것이었다. 그래서 "그가 떠나고 난 빈 방"에서 그녀의 시적 자아는 "갈기갈기 찢긴 영혼을/ 허공에 묻고"(『지독하게 그리고 황폐하게』), 지옥의 핏빛 울음을 우는 것이다.

〈3〉

그렇지만 시인이 늘 영혼을 찢는 핏빛 울음을 울며 비극적인 사랑에만 머물지는 않는다. 그녀는 사회 현실에 눈을 돌려 이웃의 고통과 피폐한 환경을 바라본다. "손가락도 움직이지 못"해서 입으로 티브이를 켜고, "돌보아주지 않으면/ 주검이 되는 몸"으로 "끝없이 침몰하는 생의 빈 물결 소리"(『몸이라는 감옥』)를 듣는 사람과, 보도블록 위를 "동전 몇 개 지폐 몇 장 담긴/ 양은그릇 굴리며" 느리게 기어서 "시커먼 어둠 한 덩이/ 혹처럼 등에 지고/ 흐린 불빛 사이로 잠기"(『도시의 거북』)는 "아랫도리 없는 사내"를 목도하면서, 그야말로 몸이 감옥인 장애인의 고통을 말한다. 뿐만 아니라 시인은 은행나무를 바라보면서도 노란 단풍의 아름다움보다 그 나무속에 "똬리를 틀고" 있을 "많은 상처들"을 상상하고, "노랗게 솟구쳐/우레 맞은 듯 폭발"(『격렬』)하고 있다면

서 세상의 모든 약하고 억눌린 자에 대한 주의를 촉구한다.
그리고 또한 도시의 풍광을 살리기 위해 늘어선 가로수에
서조차도 아름다움보다 먼저 "한 발짝도 움직이지 못하는"
부자유에 주목한다.

많은 사람들 지나가는 거리에
한 발짝도 움직이지 못하는
그가 서 있다

귀를 찢는 자동차 소음과
빌딩마다 쏟아내는 붉은 광고판
살갗을 파고드는 매연으로
관절이 툭툭 불거졌다

작은 바람에도
끝없이 펄럭이는 욕망과 번뇌
좀체 가시지 않는 집착을 끊으려
마음을 틀어쥐면
까맣게 내려앉던 하늘 귀퉁이

어느 겨울 아침
밤새 몰아친 눈보라에
묵은 화두마저 떨쳐 버리고

하얀 무명옷 갈아입은

거리의 수행자

—「플라타너스」 전문

　시인이 보기에 지금 도시의 가로수인 플라타너스는 "많은 사람들 지나가는 거리에／ 한 발짝도 움직이지 못하는" 상태로 서 있다. 플라타너스의 입장에서 보면 "귀를 찢는 자동차 소음과／ 빌딩마다 쏟아내는 붉은 광고판／ 살갗을 파고드는 매연으로／ 관절이 툭툭 불거진" 채 꼼짝 못하고 서 있는 것이니까 그것은 창살 없는 감옥의 수인과 다름없다. 그런데 그 나무가 "작은 바람에도／ 끝없이 펄럭이는 욕망과 번뇌／ 좀체 가시지 않는 집착을 끊으려／ 마음을 틀어" 쥔다는 시인의 해석은 대상을 자아에 끌어와서 고통 속에 서있는 플라타너스가 바로 번뇌하는 자신의 모습임을 말한다.

　그리하여 플라타너스는 "밤새 몰아친 눈보라에／ 묵은 화두마저 떨쳐 버리고／ 하얀 무명옷 갈아입은／ 거리의 수행자"가 되어서 보는 이에게 자기성찰을 요구하는데, 그것이 바로 이 작품의 미덕이며 시의 존재 의미라 할 수 있다.

　〈4〉

　앞에서 본 것처럼 시인은 개인의 고통과 사회의 통증을 노래하며 문득 늙어가는 자신을 돌아본다. 그리하여 이제는 젊은 날의 열정과 격렬했던 사랑의 기억을 밀어내고, "숯막처럼 깜깜"한 아파트에 들어가 "호박벌레처럼/ 어둠을 헤집고 들어가" 눕는데 그 때 "물커덩 허공이"(「고독」) 자신의 몸을 지우는 것을 느낀다. 그러면 열정적으로 사랑했던 사람도 "독 속의 장아찌처럼" 삭고, 빙벽 같은 삶을 "흔들리는 로프에 매달려/ 정신없이 오른 정상"도 녹아내리며, 마침내 녹슨 뼈마저 삭아서 "찌그러진 소주 뚜껑 같은/ 그믐달 속으로 사라"(「삭다」)져 버리고 만다. 그러나 시인은 이 사라짐이 끝이 아님을 노래한다. 내리막 끝에는 다시 오르막이 있는 것처럼 어둠 속에는 여명의 빛이 살아나온다는 것이다. 예컨대 늙은 광부처럼 "시꺼멓게 뒤틀린 몸뚱이에/ 툭툭 터진 옆구리가 금방이라도/ 비실비실 탄가루가 쏟아질 것" 같은 벚나무가 봄이 되어 마치 "석탄으로 화해 버린 몸뚱이"가 "튀밥 기계를" 돌리는 것처럼, 튀밥 같은 벚꽃들이 "검은 가지마다 환히 불을 켜고/ 꽃구름처럼 부풀어 오른다"(「광부와 벚꽃」)는 것이다. 즉 어두운 죽음이 환한 꽃등으로 재생하고 있는 것인데, 예컨대 작품 「우포늪」은 이렇게 세상의 온갖 어려움을 포용하여 재생의 모습을 보여주고 있다.

어디서 왔을까 저 늙은 여자는.
늘어진 뱃가죽 출렁이며
해마다 새 생명들 키우고 있네

126

겨울엔 얼음 빗장 걸고 잠들어 있다가
봄 되면 온갖 잡 사내들 끌어안고 뒹굴어
세상의 씨란 씨 다 품어
이름도 성도 모르는
꽃과 새들 키워내고 있네

인간 세상과 다를 바 없는
저 사바의 늪에도
죽음까지 몰고 가는 지독한 사랑이 있어

커다란 방패를 찢고 솟구쳐 올라
제 살의 은밀한 전율을 탐하는 가시연꽃
진저리치는 뜨거운 입술이
저기 있네

—「우포늪」전문

　생각해 보면 사랑도 한때이고 젊음도 한 고비이다. 이제
그 시절을 지나 모퉁이를 돌아서면 모든 것이 삭고 녹고
사라지게 마련이지만, 그렇게 삭고 녹고 사라지는 것이 끝
은 아니다. 그것은 어딘가로 흘러들어 호수를 이루고 그
속에서 다시 생명을 키워내는 재생의 순환을 하고 있기 때
문이다. 이런 관점에서 볼 때 김세현 시의 주제는 삶의 역

정이 죽음이라는 종말에 이르는 것이 아니라, "겨울엔 얼음 빗장 걸고 잠들어 있다가/ 봄 되면 온갖 잠 사내들 끌어안고 뒹굴어/ 세상의 씨란 씨 다 품어/ 이름도 성도 모르는/꽃과 새들 키워내고 있는" 저 우포늪처럼 포용과 재생인 것이다. 그리하여 세상은 윤회의 도정에서 "제 살의 은밀한 전율을 탐하는/ 가시연꽃"처럼 "진저리치는 뜨거운 입술"로 다시 살아나며 영원히 사랑이라는 고통의 꽃을 피우는 것임을 김세현 시인은 이 시집으로 노래하고 있는 것이다.

립스틱 혹은 총알

김세현 시집

초판 1쇄 · 2018년 12월 5일

지은이·김세현
펴낸이·김종해
펴낸곳·문학세계사

주소·서울시 마포구 신수로 59-1(04087)
대표전화·02-702-1800 팩시밀리·02-702-0084
이메일·mail@msp21.co.kr
홈페이지·www.msp21.co.kr
페이스북·www.facebook.com/munsebooks
출판등록·제21-108호(1979. 5. 16)

값 10,000원
ISBN 978-89-7075-888-6 03810
ⓒ 김세현, 2018

이 도서의 국립중앙도서관 출판예정도서목록(CIP)은 서지정보유통지원시스템 홈페이지(http://seoji.nl.go.kr)와 국가자료공동목록시스템(http://www.nl.go.kr/kolisnet)에서 이용하실 수 있습니다.(CIP제어번호 : CIP2018036132)